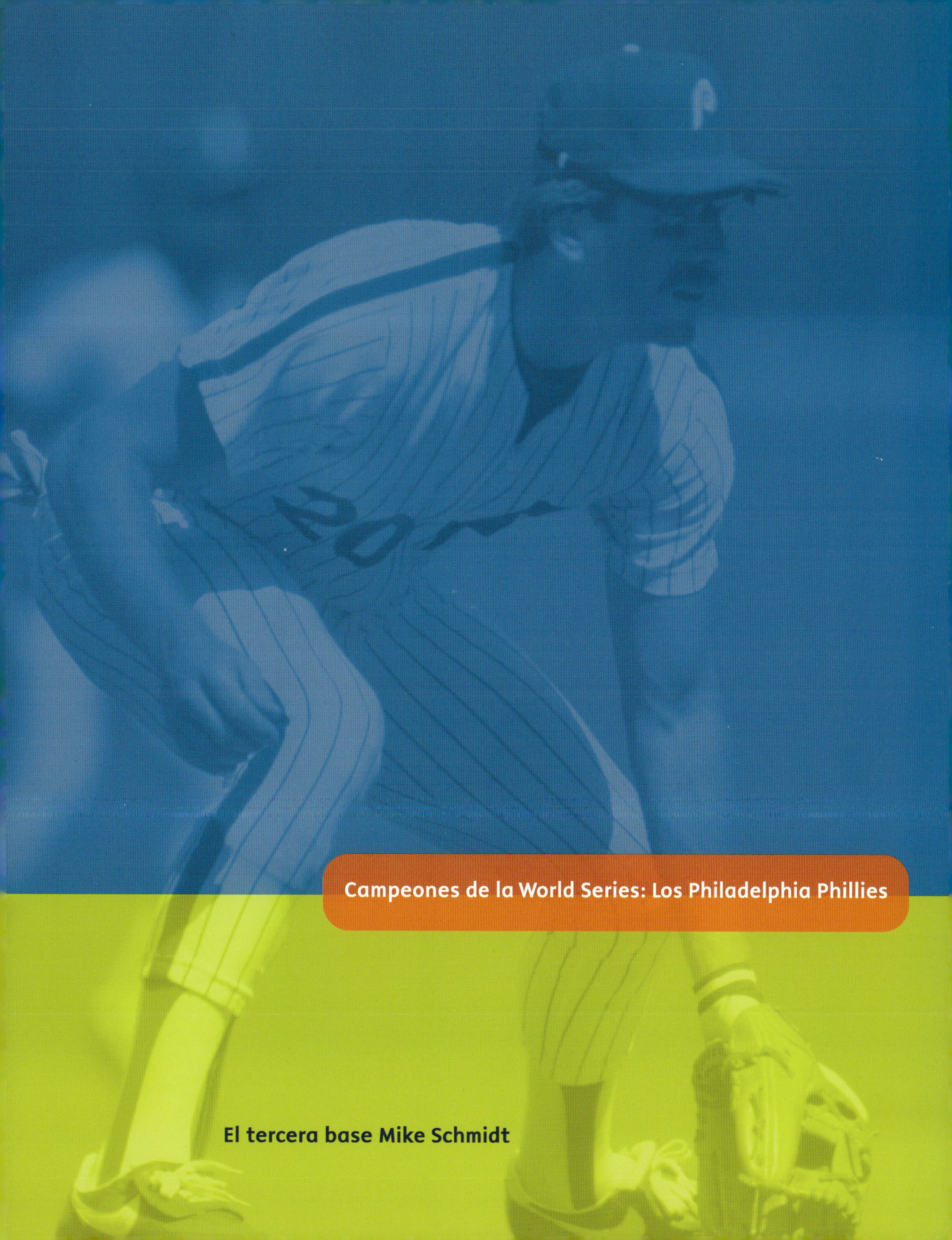

Campeones de la World Series: Los Philadelphia Phillies

El tercera base Mike Schmidt

El lanzador Aaron Nola

CAMPEONES DE LA WORLD SERIES

LOS PHILADELPHIA PHILLIES

MICHAEL E. GOODMAN

CREATIVE SPORTS

CREATIVE EDUCATION/CREATIVE PAPERBACKS

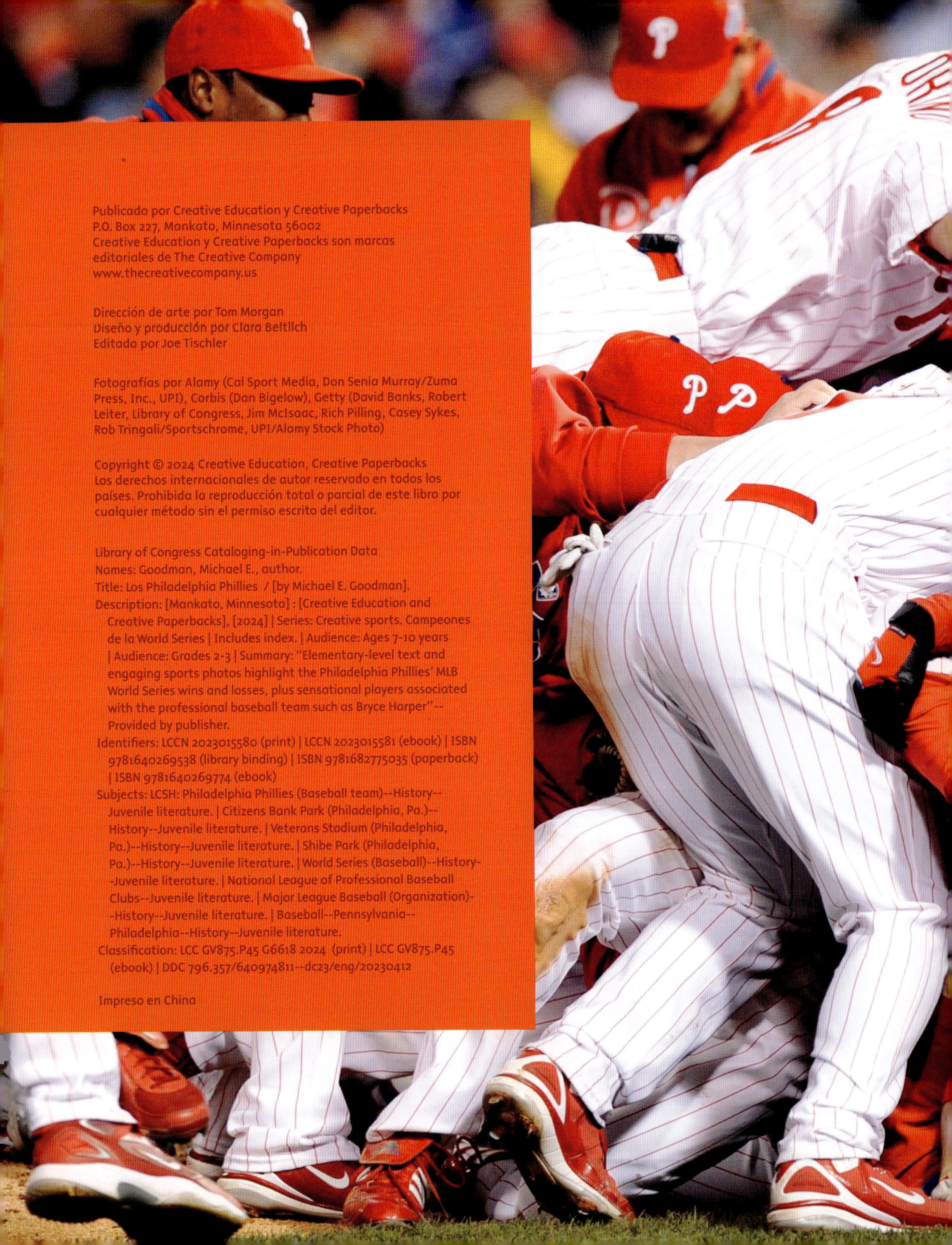

Publicado por Creative Education y Creative Paperbacks
P.O. Box 227, Mankato, Minnesota 56002
Creative Education y Creative Paperbacks son marcas editoriales de The Creative Company
www.thecreativecompany.us

Dirección de arte por Tom Morgan
Diseño y producción por Clara Beitlich
Editado por Joe Tischler

Fotografías por Alamy (Cal Sport Media, Don Senia Murray/Zuma Press, Inc., UPI), Corbis (Dan Bigelow), Getty (David Banks, Robert Leiter, Library of Congress, Jim McIsaac, Rich Pilling, Casey Sykes, Rob Tringali/Sportschrome, UPI/Alamy Stock Photo)

Library of Congress Cataloging-in-Publication Data
Names: Goodman, Michael E., author.
Title: Los Philadelphia Phillies / [by Michael E. Goodman].
Description: [Mankato, Minnesota] : [Creative Education and Creative Paperbacks], [2024] | Series: Creative sports. Campeones de la World Series | Includes index. | Audience: Ages 7-10 years | Audience: Grades 2-3 | Summary: "Elementary-level text and engaging sports photos highlight the Philadelphia Phillies' MLB World Series wins and losses, plus sensational players associated with the professional baseball team such as Bryce Harper"-- Provided by publisher.
Identifiers: LCCN 2023015580 (print) | LCCN 2023015581 (ebook) | ISBN 9781640269538 (library binding) | ISBN 9781682775035 (paperback) | ISBN 9781640269774 (ebook)
Subjects: LCSH: Philadelphia Phillies (Baseball team)--History--Juvenile literature. | Citizens Bank Park (Philadelphia, Pa.)--History--Juvenile literature. | Veterans Stadium (Philadelphia, Pa.)--History--Juvenile literature. | Shibe Park (Philadelphia, Pa.)--History--Juvenile literature. | World Series (Baseball)--History--Juvenile literature. | National League of Professional Baseball Clubs--Juvenile literature. | Major League Baseball (Organization)--History--Juvenile literature. | Baseball--Pennsylvania--Philadelphia--History--Juvenile literature.
Classification: LCC GV875.P45 G6618 2024 (print) | LCC GV875.P45 (ebook) | DDC 796.357/640974811--dc23/eng/20230412

Impreso en China

Campeones de la World Series de 2008

El catcher J. T. Realmuto

CONTENIDO

El hogar de los Phillies

Filadelfia, Pennsylvania, es una ciudad llena de historia estadounidense. Es el lugar de nacimiento de la nación. Es donde se firmó la Declaración de Independencia. Philadelphia también es rica en historia del béisbol. Los Phillies jugaban allí desde 1883. Juegan sus partidos locales en el Citizens Bank Park. Los aficionados en el **estadio** llevan gorras rojas con una gran P blanca en el frente.

Los Philadelphia Phillies son un equipo de béisbol de la Major League Baseball (MLB). Son parte de la División Este de la National League (NL). Sus mayores **rivales** son los New York Mets. Todos los equipos de la MLB intentan ganar la World Series para convertirse en campeones.

El lanzador Cole Hamels

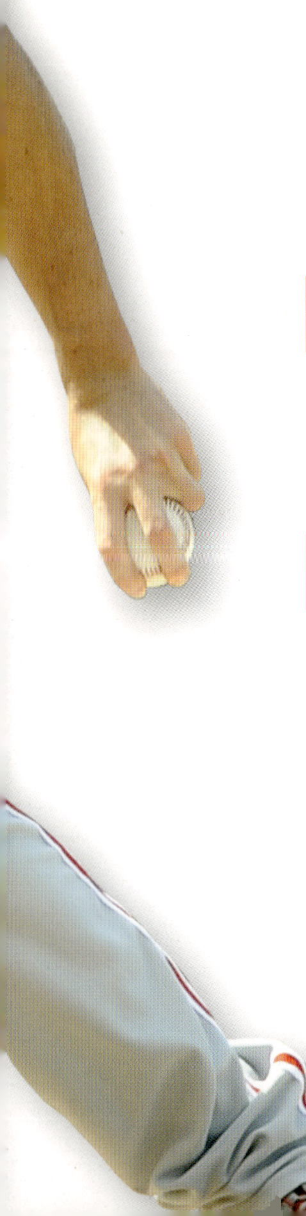

Nombrando a los Phillies

El equipo primero se llamó los Quakers. En 1890, el dueño Alfred Leach decidió cambiar el nombre a los Phillies. "Te dice quiénes somos y de dónde somos," dijo. Ningún otro equipo de béisbol ha tenido el mismo nombre durante tanto tiempo como los Phillies.

El lanzador Grover Cleveland Alexander

Historia de los Phillies

Los Quakers ganaron solo 17 partidos en su primera temporada. Mejoraron rápidamente. Los Phillies capturaron su primer **banderín** de la NL en 1915. Pero perdieron en la World Series. El mejor jugador del club fue el lanzador Grover Cleveland Alexander. Ganó 31 partidos ese año.

En 1950, los Phillies tuvieron una temporada mágica. Los aficionados los llamaron los "Whiz Kids" (niños genio). El lanzador Robin Roberts ganó 20 partidos. Ayudó a su equipo a llegar a la World Series. Pero perdieron ante a los New York Yankees.

Los Phillies no volvieron a llegar a la World Series hasta 1980. Esta vez, nada los detendría. El lanzador Steve "Lefty" Carlton ganó dos partidos de la serie. El tercera base Mike Schmidt bateó hit tras hit. ¡Los Phillies fueron campeones por fin!

El lanzador Steve Carlton

El primera base Ryan Howard

Los Phillies ganaron un segundo **título** en 2008. El primera base Ryan Howard bateó tres jonrones. Cole Hamels lanzó bolas curvas difíciles de batear. Los aficionados de Filadelfia llenaron el Citizens Bank para más juegos de la World Series en 2009 y 2022. Lamentablemente, los Phillies se quedaron cortos en ambas ocasiones.

Otras estrellas de los Phillies

El jardinero Richie Ashburn fue una estrella del bateo y defenso en la década de 1950. Se ganó un lugar en el **Salón de la Fama**. Después, se convirtió en locutor de radio y TV de los Phillies durante 34 años.

El campocorto Jimmy Rollins jugó 15 temporadas en Philadelphia. En 2007, fue nombrado el jugador más valioso de la NL. También ganó cuatro Gold Gloves por su magnífico desempeño como defensor.

El campocorto Jimmy Rollins

El jardinero Bryce Harper

El jardinero Bryce Harper se unió a los Phillies en 2019. Dos años después, fue nombrado el jugador más valioso de la NL. Los aficionados cuentan con él para llevar pronto otro banderín de campeonato al Citizens Bank Park.

Sobre los Phillies

Comenzaron a jugar en: 1883

Liga/división: Liga Nacional, División Este

Colores del equipo: rojo y azul

Estadio local: Citizens Bank Park

CAMPEONATOS DE LA WORLD SERIES:

1980, 4 juegos a 2,
venciendo a los Kansas City Royals

2008, 4 juegos a 1,
venciendo a los Tampa Bay Rays

Sitio web de los Philadelphia Phillies:
www.mlb.com/phillies

Glosario

banderín: el campeonato de una liga; el equipo que gana un banderín juega en la World Series

estadio: un edificio con niveles de asientos para los espectadores

rival: un equipo que juega muy duro contra otro equipo

Salón de la Fama: museo donde se honra a los mejores jugadores de todos los tiempos

título: otra forma de decir campeonato

El segunda base Chase Utley

Índice